Helma Buschkopp

Lieber Lukas

Was ich dir sagen wollte.

© 2019 Helma Buschkopp

Verlag & Druck: tredition GmbH, Halenreie 40-44, 22359 Hamburg

ISBN
Paperback: 978-3-7439-7996-3

Ähnlichkeiten mit lebenden Personen

sind nicht beabsichtigt und rein zufällig.

Eine gute Geschichte,

ist wie ein goldener Sonnenstrahl,

der durch die Wolken bricht,

dir mitten ins Herz fällt

und deine Seele erwärmt.

Lieber Lukas!

Wenn du diese Briefe jemals erhalten solltest, wirst du wohl längst erwachsen sein. Es ist natürlich auch möglich, daß du sie niemals in Händen halten wirst. Oder aber du hast kein Interesse daran, nach so vielen Jahren etwas von der Tante zu lesen, die nie zu Besuch kam. Die bestenfalls eine dunkle Erinnerung ist und von der du nur zum Geburtstag und zu Nikolaus Post bekamst. Warum, das ist eine eigene Geschichte, die hier nicht zur Sprache kommen soll.

Es gibt manches, was ich dir gerne gesagt hätte, aber leider nicht sagen konnte. Daher habe ich mich zum Schreiben entschlossen, in der Hoffnung, daß du meine Briefe eines Tages in Ruhe wirst lesen können. Daß du all die kleinen Geschichten des Lebens aufmerksam verfolgen und durch sie etwas für dein Leben Nützliches lernen wirst.

Alles Gute für dich!

Deine Tante Hemma

Die Rodelbahn

Für uns war die Sache eindeutig. Schließlich befand sich die Rodelbahn nur wenige Meter von unserem Haus entfernt und weit und breit stand kein anderes Haus, das noch näher dran gewesen wäre. Somit war es „unsere" Rodelbahn und wir waren mächtig stolz auf sie.

Für Außenstehende handelte es sich dagegen um nichts weiter als ein im oberen Teil ziemlich steiler und buckliger Feldweg. Ab und an rollten schwere Traktoren über ihn hinweg und hinterließen darauf ungleichmäßige Spurrillen. War nur wenig Schnee gefallen, wurden diese Rillen und Unebenheiten nur teilweise abgedeckt und die Bahn war eine einzige Hoppelpiste. War sie zudem mit Eis bedeckt, wurde eine tückische Rutsch- und Hoppelpiste daraus. Nur in der Mitte des Weges befand sich ein ungefährlicher flacher Grasstreifen. War genug Schnee gefallen, wurde hier die Schnellstrecke eingerichtet. So konnte sich jeder Schlittenfahrer seine Wunschstrecke aussuchen. Diese Vielseitigkeit war einmalig: das hatte keine andere im Dorf genutzte Rodelbahn zu bieten!

Um diese Einmaligkeit zu erhalten, war es notwendig, die Bahn stets fachmännisch zu pflegen. Besonders bei Schneemangel mußte zusätzlich Schnee von außerhalb herangeschafft und nach Bedarf verteilt werden. Am unteren Ende der Bahn war außerdem eine kleine Rampe aufgetürmt, die immer wieder nachgebessert werden mußte. Außerdem war während des laufenden Betriebs darauf zu achten, daß insbesondere die Kleinsten nicht auf der Bahn umherliefen und womöglich Unfälle verursachten. So blieb immer etwas zu tun und unsere Rodelbahn war ein beliebter Treffpunkt.

Doch das sollte sich ändern. Trotz optimaler winterlicher Bedingungen kamen jede Saison weniger Kinder. Wo waren die bloß alle? Es hieß, unten im Neubaugebiet sei eine Straße gebaut worden, die super breit, super glatt und super steil sei. Dagegen sei unser krummer Feldweg eine langweilige Rumpelpiste. Das schmerzte! So viele Jahre lang hatte uns die alte Bahn Freude bereitet und nun ließen sie immer mehr Rodler einfach im Stich. Nur wenn die Bahn im Neubaugebiet durch Streusalz unbrauchbar geworden war, fanden einige von ihnen zur alten Strecke zurück.

Es war wirklich nicht zu übersehen: die beste Zeit unserer Rodelbahn war vorbei. Sie war einfach aus der Mode gekommen. Und wer will schon altmodisch sein?

--

Lieber Lukas,

so manches, mit dem wir aufwachsen, wird uns lieb und wert. Wenn es dann einmal unmodern wird, gehörst du hoffentlich nicht zu denen, die bereitwillig die Bahn wechseln. Das Alte ist nicht automatisch schlecht. Es mag Macken haben und Pflege erfordern, aber es hat auch einen unverwechselbaren, einmaligen Charakter. Das Neue ist oft groß und glatt, aber eben auch störungsanfällig, gesichtslos und austauschbar. Schon mancher, der sich auf eine zu glatte, zu schnelle und rutschige Bahn gewagt hat, ist ausgeglitten und böse gestürzt.

Schokolade

Anläßlich eines Geburtstages oder wenn wir einmal sehr fleißig waren, bekamen wir Kinder oft eine Tafel Schokolade geschenkt. Das ist heutzutage natürlich nichts Besonderes mehr, denn heute gibt es Schokolade ja schon aufs Frühstücksbrot und in der Speisekammer lagern jederzeit erreichbar die verschiedensten Vorräte an Süßigkeiten. Damals aber bekamen wir Schokolade nicht jeden Tag. Deshalb war eine ganze Tafel dieser Köstlichkeit ein besonderes Geschenk.

Bei uns Kindern war es Brauch, daß derjenige, der eine Tafel geschenkt bekam, diese mit den Geschwistern teilte. Das hatte den Vorteil, daß jeder von uns öfter in den Genuß von Schokolade kam, auch wenn es nur der Teil einer Tafel war. Da wir fünf Geschwister waren, hatte eine Teilung allerdings ihre Tücken. Eine Tafel bestand nämlich aus sechs Reihen mit jeweils vier Rippen, insgesamt also vierundzwanzig Rippen. Folglich erhielt jedes Kind vier Rippen und vier von uns eine weitere Rippe, während eines auf eben diese fünfte Rippe verzichten mußte. Leider war die Sache mit dem Verzicht nicht eindeutig geregelt, sondern setzte voraus, dass reihum jedes Kind einmal freiwillig seinen Verzicht erklärte. Das ging jedoch, wie zu erwarten, nicht reibungslos vonstatten und immer wieder kam es zu Uneinigkeit. Keiner wollte „der Dumme" sein und „schon wieder" verzichten. Das machte die Schokoladenteilung im Laufe der Zeit immer häufiger zu einer unschönen Angelegenheit.

Um dem Gezanke aus dem Weg zu gehen, verzichtete eines der Kinder generell auf diese fünfte Rippe. Sollten die anderen ruhig eine mehr haben, dachte es sich, denn es hatte sich eine eigene Strategie ausgedacht. Es teilte seine vier Rippen jeweils in zwei Hälften, so daß ganze acht Rippchen daraus wurden. Im Bewußtsein „viel" bekommen zu haben, gingen die Geschwister augenblicklich daran, ihre fünf Rippen nacheinander aufzuessen. Das Kind mit den acht Rippchen aber teilte sich seinen Anteil sorgsam ein und genoß langsam ein Stückchen nach dem anderen. So kam es, daß es meistens sogar noch etwas übrig hatte, während die anderen schon längst mit leeren Händen dastanden.

--

Lieber Lukas,

mache nicht den Fehler, immer mehr als andere haben zu wollen. Um glücklich und zufrieden zu sein, kommt es nicht auf Menge und Größe dessen an, was uns zugeteilt wird. Oftmals gilt: weniger ist mehr. Die Kunst, ein gutes Leben zu führen, besteht letztlich darin, sich über das Zugeteilte zu freuen und es sich klug einzuteilen.

Frühjahrskind

Gewußt hatte ich es schon lange: daß ich nicht war wie die anderen. Ein erstes Indiz hierfür war, daß die Geburtstage aller anderen Familienmitglieder in die Monate September bis Dezember fielen. Nur eben meiner nicht. Als im März Geborene fiel ich sozusagen aus der Reihe.

März, das ist der Monat, in dem der Bauer die Rößlein einspannt. Ein Bild aus einer vergangenen Zeit, aber ein sehr schönes wie ich finde. Draußen ist es noch kalt, doch die ersten Sonnenstrahlen fallen schon durch die Wolkendecke. Sie erwärmen die Erde und brechen nach und nach ihre vom Winter hartgefrorene Kruste auf, so daß nunmehr die Furchen für die Frucht des neuen Jahres gezogen werden können.

Ein Märzkind liebt die Vorstellung, einen guten Samen zu säen. Es hat Geduld, glaubt an das Gute und an das Gedeihen des Gesäten. Gleichzeitig ist es zurückhaltend und empfindsam, weil es um die Gefahr von Nachtfrösten weiß. Denn wenn diese das Land nochmals überfallen oder Unwetter die bereits beackerte Erde ausschwemmen, dann kann sein Lebenskörnchen schnell dahin sein.

--

Lieber Lukas,

bist du nicht auch ein solches Frühjahrskind? Dann sei auch du auf Fröste und Stürme gefaßt, aber habe keine Furcht vor ihnen! Lerne stattdessen, auch den zartesten Sonnenstrahl willkommen zu heißen und mit ihm zu wachsen.

Die Pfingstrose

Auf dem Weg ins Dorf kamen wir jeden Tag an einer Reihe von Gärten vorbei, in denen vor allem Kartoffeln wuchsen und viele alte Obstbäume standen. Einer dieser Gärten wurde von einem alten Ehepaar bewirtschaftet, das sich jeden Tag in seinem kleinen Reich aufhielt. Im Laufe der Jahre merkte man den Alten jedoch an, daß ihnen das Bücken und Tragen der Gießkannen immer schwerer fiel. So kam es, daß die bepflanzte Fläche von Jahr zu Jahr kleiner und die Wiesenfläche immer größer wurde. Irgendwann starben die zwei Alten kurz hintereinander und der Garten verwilderte. Die Gemüsebeete wurden nicht mehr vom Unkraut befreit und bald waren die bisher so sorgfältig gehegten und gepflegten Beete und Wege von Gras überwuchert. Die Wiese verkrautete immer mehr und unter den Obstbäumen erhoben sich jetzt riesige Brennnesseln. Nur die hochwachsende Clematis am Gartentor kündete noch davon, daß dies einmal ein blühender Garten gewesen war.

Mit der Zeit verfiel selbst der Drahtzaun, der das Gartenland nach außen hin abgrenzte. Er war rostig und rissig geworden, aber niemand reparierte ihn mehr. An etlichen Stellen war üppiger Efeu an ihm empor gerankt und drückte ihn mit seinem Gewicht zu Boden. Auch die Holzpfähle, die den Zaun aufrecht halten sollten, waren morsch und stürzten um. So fielen die letzten Hindernisse, die die vielen gefräßigen Mäuler von dem herrlich leuchtenden Obst noch fernhielten. Die Ein-dringlinge zertrampelten die letzten Reste des hegenden Zaunes und machten sich gierig über die reifen Früchte her. Du kannst dir sicher vorstellen, daß es den Bäumen da schlecht erging. Es war ein Jammer, sie nach den Raubzügen der rohen Banden von Verletzungen gezeichnet dort stehen zu sehen. Und es sollte noch schlimmer kommen: nach einiger Zeit rückten Bagger an, denn hier sollten Bauplätze entstehen. Bald würden nun all die blühenden Bäume und die Reste der Blumen-stauden mit Stumpf und Stiel ausgerissen werden. Sie konnten ja nicht davonlaufen.

Und so geschah es dann auch. Doch eine der geliebten Blumen konnte der Vater retten. Es war eine rote Pfingstrose, die er in das Beet vor unserem Wohnzimmerfenster pflanzte. Immer wenn im Frühling die ersten warmen Sonnenstrahlen darauf fielen, sproß sie erneut und erstrahlte zur Pfingstzeit mit verschwenderisch duftenden Blüten. Bis eines Tages der Vater starb. Als Erinnerung an den alten Obstbaumgarten pflanzte ich die Pfingstrose auf seinem Grab. Dort blüht sie noch heute.

--

Lieber Lukas,

im Garten unseres Lebens pflanzen wir manches, das uns gefällt und an dem wir uns erfreuen. Doch für jeden kommt einmal die Zeit, daß er seinen Garten einem anderen überlassen muß. Dann ist es gut zu wissen, daß etwas davon bleiben und der Kreis des Blühens und Verblühens weitergetragen wird.

Der Graben

Eine der aufregendsten Zeiten des Jahres ist unbestritten das Frühjahr und zwar genau die Zeit, in der es überall zu grünen und blühen beginnt. Wenn das zarte Blattgrün in Busch und Baum aufleuchtet und Grashalme wie eine unendliche Armee des Wachsens den Erdboden bedecken. Unaufhaltsam bricht sich das Leben Bahn und überall gibt es Interessantes zu entdecken.

In dieser Jahreszeit trieben wir uns besonders gern in einer Gegend herum, die „der Graben" genannt wurde, einer Grenzlinie zwischen unserem und dem Nachbardorf. Dort befand sich im Gelände eine Senke, die das Regenwasser der umliegenden Hügel auffing und ableitete. Da sie recht tief gelegen war, standen dort immer Wassertümpel und Pfützen und an den besonders wasserreichen Stellen wuchs hohes Schilfgras. Diese Stellen zogen unsere ganze Aufmerksamkeit auf sich, denn dort hüpften unzählige Frösche herum. So einen Frosch wollte jeder von uns auch haben, darum sammelten wir fleißig Froschlaich, der zu Hause in einen Eimer voller Wasser gelegt wurde. Nun hieß es abwarten. Wir waren ganz fiebrig, denn wir erwarteten eine spannende Schau. Doch in den nächsten Tagen wollte einfach nichts Aufregendes geschehen. Der Froschlaich sah noch genauso aus wie vorher. Nach einer strengen elterlichen Ermahnung brachten wir unsere Beute schließlich wieder zurück in den Graben.

Doch so leicht gaben wir nicht auf. Als nächstes fingen wir einige Kaulquappen, die wir wieder mit nach Hause nahmen. Da schwammen sie nun in unseren viel zu kleinen Eimern. Nach einigen Tagen waren die meisten von ihnen eingegangen. Es war wohl doch keine so gute Idee gewesen, die Tiere aus ihrem Tümpel zu entnehmen, nur um unsere Neugier zu befriedigen. Die letzten Überlebenden setzten wir in eine alte Kinderbadewanne, doch nur die wenigsten schafften es, sich zu Fröschen zu entwickeln und verließen das künstliche Heim, sobald sie dazu in der Lage waren.

Wir wiederholten das Experiment nicht. Dazu hätten wir in den Jahren danach ohnehin keine Gelegenheit mehr gehabt. Denn nur kurze Zeit später sollte die Heimat der Frösche verschwinden. Im Zuge des Autobahnbaus wurde ein Wasserauffangbecken errichtet und der alte Graben trockengelegt. Der Graben, der einst voller Leben gewesen war, verwandelte sich in eine ausgetrocknete, das Land durchziehende häßliche Narbe und wurde zu einem Abladeort für unliebsamen Müll.

--

Lieber Lukas,

lerne die Natur und das Leben darin zu schätzen und halte sie in Ehren. Wie schön ist es, in einer lebendigen und intakten Natur umherzuwandern. Jeder noch so kleine Tümpel, jedes Gehölz und jede Wiese ist ein Hort des Lebens und hat seinen Sinn. So wie jedes Teil eines Puzzles nur einen kleinen Teil des Ganzen ausmacht und doch einzigartig ist.

Denke immer daran: einen dieser kleinen Teile zu zerstören, ist leicht und schnell geschehen. Ihn dagegen zu schützen und zu erhalten, das erfordert Wertschätzung für die Natur und Demut vor der Schöpfung. Das ist der schwierigere Part, aber bei weitem der bessere!

Die alte Frau Heberer

Vom Sehen kannte ich sie natürlich schon lange. Sie wohnte am Ortsausgang und war wie ihr Häuschen klein und unauffällig. Und doch war sie etwas Besonderes.

Jeden Sonntag sah man sie auf ihrem bescheidenen Platz in der Kirche in der vorletzten Reihe des Seitenschiffes, während sich die wohlhabenden und gutgekleideten Kirchgänger regelmäßig auf den besten Plätzen im Mittelschiff verteilten. Denn von dort konnten sie alle und alles sehen und auch selbst von allen gesehen werden. Einzig die alte Frau Heberer, so schien es mir, achtete nicht auf die allseits umherschweifenden Blicke, das Reden und eilige Austauschen der neuesten Neuigkeiten. Sie lächelte leise vor sich hin und ihr faltiges, rundes Gesicht mit den von der Witterung rot gefärbten Wangen strahlte. Schweigend saß sie da, die steifen Finger in ihrem Schoß ruhend und hielt stille Einkehr. Ich hatte sie bald ins Herz geschlossen, ohne daß sie etwas davon ahnte. Sie war für mich wie die arme Witwe in der Bibel, deren kleines Scherflein mehr wiegt als die großen Gaben.

Nach einigen Jahren, sie mußte inzwischen weit über achtzig sein, wurde der Kirchweg für sie immer mehr zur Anstrengung. Man sah sie nun Arm in Arm mit einer Nachbarin. Und wie immer saß sie in dem abgetragenen dunkelgrünen Mantel auf ihrem gewohnten Platz. Da wurde mir jedes Mal ganz warm ums Herz und die Welt war in Ordnung.

Dann kam die Zeit der Konfirmation. Es waren nur noch wenige Wochen bis dahin, als der Platz der alten Frau Heberer leer blieb. Ohne sie lagen die Sitzbänke des Seitenschiffes plötzlich im Halbdunkel. Noch lange schaute ich suchend zu ihrem Platz, doch ihr Licht war erloschen. Sie würde nun nicht mehr dort sitzen und mein Erwachsenwerden miterleben. Doch manchmal, in meiner Erinnerung, sehe ich die fromme Frau im dunkelgrünen Mantel wieder vor mir und ihr gütiges Gesicht lächelt mir freundlich zu.

--

Lieber Lukas,
du kennst sicher auch Menschen, die dir ein leuchtendes Vorbild sind. Sei dankbar für sie und lerne von ihnen! Dann werden sie, auch wenn sie einmal nicht mehr da sind, immer in deinem Herzen weiterleben.

Schneckenrennen

Immer wenn an Frühlings- und Sommertagen ein warmer Regenschauer niederging, erfaßte uns Kinder eine seltsame Unruhe. Wir klebten am Küchenfenster und beobachteten, wie sich die Holzpfähle von Nachbars Gartenzaun langsam von Hellgrau in Dunkelgrau verfärbten und die Feldwege uferlos wurden. Hatte sich das Wetter endlich beruhigt, schlüpften wir in unsere Gummistiefel und eilten in die schillernde Wasserwelt hinaus. Von allem Blattwerk tröpfelte es noch und im durchtränkten Grasteppich spiegelten sich bereits die ersten Sonnenstrahlen. Das war genau die richtige Zeit!

Behutsam wurden zunächst die Spieleimer aus dem Sandkasten geholt und mit einer Grasschicht ausgepolstert. Mit vorsichtigen Tritten konnte sie dann beginnen: die Suche nach den Schnecken in unserem Garten. Als Kandidaten waren nicht die großen braunen Weinbergschnecken gefragt, sondern nur die kleineren Exemplare mit Häusern in Weiß, Gelb und Rosa oder diversen Streifenmustern. Liebevoll wurden die Auserwählten in die Eimer gebettet. Versorgt wurden sie mit frischen Löwenzahnblättern, während sie ein übergestülptes Plastiksieb an einer möglichen Flucht hinderte.

Zur Vorbereitung des Rennens mußte derweil ein flacher Betonstein gefunden werden. Dieser wurde von Unebenheiten und Schmutz befreit und mittels zweier Kreidestriche, die Start- und Ziellinie markierten, zur Rennstrecke umfunktioniert. Dann war er da, der große Moment: die ersten Läufer wurden aufgestellt. Zu beachten war dabei insbesondere, daß alle Läufer die gleichen Chancen hatten. Und erst wenn alle zum Start bereit waren, konnte es losgehen.

Zugegeben, als Rennleiter hatte man manchmal insgeheim einen Favoriten oder ein besonders schön gefärbtes Exemplar, das man gern zum Sieger gekürt hätte. Doch das Rennen verlief meist anders als erwartet. Da gab es die Startmuffel, die erst gar nicht aus dem Haus kamen und gleich an der Startlinie spuckten und protestierten was das Zeug hielt. Im Gegensatz dazu gab es die Schnellstarter. Sie zogen auf und davon, doch auf halbem Wege ging ihnen die Puste aus oder die Lust am Laufen kam ihnen abhanden. Wieder andere waren eher mittelmäßige Starter, die ganz gut im Feld lagen. Ihr Fehler war, daß sie immer wieder von ihrer Bahn abkamen und quer übers Feld liefen bis hin zu den Extremfällen, die außerhalb der Rennbahn umherirrten. Diese Querläufer mußten andauernd auf Start zurückgesetzt werden, so daß sie viele Schneckenlängen umsonst liefen. Daneben gab es die Trittbrettfahrer, die mit Vorliebe die Schleimspuren anderer nutzten, um leichter und schneller vorwärts zu kommen. Besonders dreiste Exemplare kletterten sogar auf die Häuser anderer Mitläufer und ließen sich von ihnen Huckepack tragen.

All das war nach dem Reglement selbstverständlich nicht erlaubt und Taktiken dieser Art brachten nichts ein. Den Sieg errang regelmäßig die Schnecke, die ganz unspektakulär startete, ein gleichmäßiges, mittleres Tempo einhielt und ohne Eskapaden und Tricks der Ziellinie zusteuerte.

—

Ja lieber Lukas,

so war das früher beim Schneckenrennen. Im wahren Leben allerdings verläuft heute manches Rennen anders, weil die Einhaltung des Reglements nicht mehr die Regel ist. Dann führen unfaire Methoden zu einem unsauberen Sieg.

„Na und? Hauptsache gesiegt!", wird mancher darauf erwidern. Kann schon sein, würde ich ihm antworten. Doch eins ist auch klar: wenn jeder so denkt und stets das tut, wonach ihm gerade der Sinn steht und was ihm gerade nutzt, dann stehen sich irgendwann alle im Wege und keiner kommt mehr an ein Ziel. Deshalb mein Rat an dich: wenn du ein Ziel vor Augen hast, dann denke langfristig. Und so gesehen lohnt es sich eben doch, von den Schnecken zu lernen!

Der Nußbaum

Der Garten war wirklich groß genug, er glich vielmehr einer Wiese. Um ihn herum gab es keinen Zaun und in ihm gab es keine geordneten Blumen- und Gemüsebeete. Alles wirkte ein wenig aufs Geratewohl entstanden und ohne Plan ausgeführt. Dennoch war es ein schönes Stückchen Grün mit Erdbeeren und Erbsen, Karotten und Kohl, Ringelblumen und Radieschen.

An einem milden Maitage, als das Gärtchen noch recht unscheinbar dalag, kam der Vater mit einem Setzling nach Hause. Er holte den Spaten aus dem Keller und hob ohne viel Messen und Mühen ein Pflanzloch aus. Dorthinein setzte er das schon hochgewachsene Bäumchen, schaufelte alles wieder zu und drückte die feuchten Erdklumpen fest. Da stand es nun, unser Nußbäumchen, das unser Haus im Falle eines Falles vor einem Blitzschlag bewahren sollte.

Mit den Jahren wuchs und gedieh der Nußbaum prächtig. Er bildete eine stolze grüne Krone und in guten Jahren brachte er eine ordentliche Ernte. So wurde er immer mehr zur Zierde des Gartens und viele Vögel rasteten und ruhten in seinem Geäst. Doch die glücklichen Jahre gingen dahin und plötzlich färbten sich seine Blätter gelb, obwohl es noch längst kein Herbst war. Auch die abgeworfenen Nüsse waren schwarz und ungenießbar. Als endlich das Frühjahr kam, hofften wir, daß auch der Nußbaum neu erblühen würde. Doch er erwachte nicht mehr, nur sein mahnendes, totes Gerippe erhob sich in den Maihimmel. Denn ein hinterhältiger, giftiger Pilz hatte sein Inneres zerfressen und seine Lebenskraft aufgezehrt.

--

Lieber Lukas,

es gibt Gefahren, gegen die auch der Starke auf Dauer nicht bestehen kann. Gefahren wie Niedertracht, Heimtücke und Bosheit, die uns im Innersten treffen und unsere Lebenskraft aussaugen. Es wird nicht gelingen, sie gänzlich auszuschalten oder abzuschaffen. Was man aber tun kann, ist dieses:

sich ihrer Existenz bewußt zu sein. Das genügt oft schon, um die Wahrscheinlichkeit, von ihnen befallen zu werden, deutlich zu verringern.

Spuren

Ich erinnere mich noch sehr gut an den Tag, an dem es geschah. Es war ein ganz normaler Werktag und es war Sommer. Wegen der Hitze aber auch aus jahrelanger Gewohnheit machte sich die Frau erst am späten Nachmittag auf den Weg zum Einkaufen. Sie sah noch einmal prüfend in den Spiegel auf dem Flur, nahm ihre Einkaufstasche zur Hand und schlüpfte in ihre neuen Sommersandalen, die ihr eine Nachbarin als gut gebrauchte hatte zukommen lassen. Dann verließ sie das Haus, ohne sich die Mühe zu machen, die Haustüre abzuschließen. Wer sollte auch bei ihr etwas stehlen wollen?

Das Haus der Frau lag abseits vom Dorf. Sie mußte zunächst den Garten durchqueren und einen schmalen von Weinreben gesäumten Grasweg entlanglaufen. Dann erst erreichte sie den Durchgangsweg, der sein Aussehen auffällig verändert hatte. Die Frau aber war so in Gedanken, daß ihr das gar nicht auffiel. Sie überwand eine kleine grasbewachsene Böschung und lief wie immer Schritt um Schritt dem Dorfe zu. Erst nach einer geraumen Weile bemerkte sie, daß heute etwas anders war als sonst. Im Laufen blickte sie zu Boden und bemerkte, daß der Weg mit einer frischen Betondecke überzogen worden war. Sie erschrak, hielt inne und blickte zurück. Und da sah sie es: sie hatte eine ganze Reihe ihrer Fußabdrücke in dem noch weichen Beton hinterlassen.

--

Lieber Lukas,

sicher hast du schon einmal davon gelesen, daß Archäologen manchmal Trittspuren längst ausgestorbener Arten entdecken. Spuren, die diese Lebewesen zum Beispiel in frischen Schlick eingedrückt und uns damit einen Beweis ihrer Existenz hinterlassen haben. Genauso wie deine Großmutter. Noch heute kannst du die Tritte ihrer kleinen Füße auf dem betonierten Wirtschaftsweg sehen.

Möge es auch dir gelingen, in deinem Leben Spuren zu hinterlassen!

Das Unwetter

Es war an einem Samstag. Der Tag verlief wie viele seiner Art: nach den Vormittagseinkäufen und dem Mittagessen spielten wir Kinder draußen im Garten. Dann rief uns die Mutter zu sich und wir machten uns auf den Weg zum Dorffriseur. Der alte Petroll „praktizierte" in einem windschiefen Häuschen in der Nähe des Baches, der durch das Dorf floß. An diesem sommerlichen Samstagnachmittag warteten bereits viele Kunden in und vor seinem Geschäft. Sämtliche Bänke und Stühle neben der Eingangstür waren besetzt. Nun hieß es warten, doch das war kein Problem: die Mutter nutzte die Wartezeit nur zu gerne für einen Schwatz hier und einen Schwatz dort, während wir Kinder uns mit Spielen die Zeit vertrieben, bis auch wir endlich an der Reihe waren.

Der Friseur war ein kleiner, steinalter Mann mit tausend grauen Bartstoppeln im Gesicht und knorrigen Fingern. Brummend hob er uns Kinder auf seinen Frisierstuhl und behängte uns mit einem Riesenumhang. Dann ging er ohne viel Federlesens ans Werk, während er mit den danebenstehenden Erwachsenen munter über dies und das diskutierte. Nach wenigen Minuten hatte er sein Werk vollendet, der Umhang wurde entfernt, der Nacken ausgiebig mit einem Rasierpinsel ausgefegt und schon standen wir wieder auf dem zerkratzten Steinfußboden des Hauses. Die Zeremonie war beendet und wir durften wieder herum springen.

Nachdem endlich alle von überflüssigen Haaren befreit waren, machte sich die Mutter mit uns Kindern wieder auf den Heimweg. Inzwischen war es später Nachmittag, doch von der Sonne war nichts mehr zu sehen. Dunkle und bedrohliche Wolken standen am Himmel, vorwärts getrieben von einem urplötzlich aufgekommenen heißen Wind, der uns Staubkörner ins Gesicht trieb. Wir beschleunigten unsere Schritte, doch es dauerte nicht lange und Tropfen so groß wie Hühnereier regneten auf die Straße. Wir waren noch nicht weit gekommen und suchten Schutz unter einem Hoftor. Die Bauersleute baten uns herein, doch die Mutter wollte nicht unnötig verweilen. Sie wollte weiter, sobald der Regen nachlassen würde. So standen wir bangend und warteten. Und o Wunder, es gab tatsächlich eine Regenpause! Gegen den Rat der Bauersleute eilten wir nun weiter, die Mutter mit mir an der Hand und den zwei älteren Geschwistern, die uns voran liefen. Der Wind blies uns ins Gesicht und wir hatten noch einen ziemlich weiten Weg vor uns. Da erschallte ein ohrenbetäubender Donnerschlag, als hätte jemand zum Auftakt eines Krieges eine Kanone ab-gefeuert. Unser Schrecken wurde noch gesteigert durch die ersten Blitze, die durch den schwarzen Himmel zuckten. Wir eilten weiter so schnell wir konnten, doch auch der Regen setzte jetzt wieder ein. Dicke, kalte Tropfen fielen schwer in den Staub, alles wurde schlammig und bei jedem Tritt spritzte Schmutz auf. Die Straßen waren jetzt leer, nur noch letzte Fensterläden wurden eilig verschlossen. – RUMMMS! Wieder ein krachender Donnerschlag und Blitze! Das Gewitter war überall. Bei diesem Wetter war es aussichtslos, bis nach Hause zu kommen. Plötzlich erschien eine alte Frau, die unsere Mutter vom Fenster aus anrief und ihr zuwinkte. Sie deutete auf ihre Hofeinfahrt und nur Augenblicke später stand sie da und forderte uns kleines Häuflein auf, ihr nach drinnen zu folgen. Die ungeahnte Heftigkeit des Gewitters ließ unserer Mutter keine andere Wahl als dieses Angebot anzunehmen.

Da saßen wir nun gestrandet in der Küche der alten Leute. Der Mann stand besorgt mit seiner Pfeife am Fenster. Draußen war es nachtdunkel, nur wilde Blitze erhellten den Himmel. Der Wind heulte und wir waren heilfroh, ein schützendes Obdach gefunden zu haben. Hier waren wir sicher. Uns Kindern wurden die nassen Schuhe aus-gezogen und die Haare trocken gerieben. Jetzt saßen wir hier in der fremden Stube und jedes von uns hielt eine Tasse heißen Kakao in der Hand, während draußen das Unwetter weiter tobte. Es mochten vielleicht ein oder zwei Stunden vergangen sein, bis sich das Gewitter abschwächte. Das Trommeln des Regens ließ nach und der Himmel färbte sich hellgrau. Auch wir Kinder strebten nun zum Fenster. Die Straße unter uns war zu einem Fluss geworden. Braunes Wasser floß in Richtung Dorfmitte hinab und riß Äste, Bretter und allerlei lose Gebrauchsgegenstände mit sich. Viele aufgeregte Menschen standen bereits mit Schaufeln und Besen in den Straßen und mühten sich, die Schlamm- und Wassermassen von ihren Höfen fernzuhalten.

Wie sollten wir jetzt nur nach Hause kommen? Wir wohnten außerhalb des Dorfes und es gab nur einen Feldweg dorthin. Wie mochte der jetzt wohl aussehen? Und während wir noch ratlos am Fenster standen, erkannten wir draußen den Vater, der nach uns suchte. Ich werde nie vergessen, wie er mich auf seinen Armen durch kniehohen Schlamm und Schmutz sicher nach Hause trug.

—

Lieber Lukas,

manchmal wird man aus heiterem Himmel von einem ungeahnten Unwetter überrascht. Man möchte nach Hause, doch der Weg ist zu weit und man kann es aus eigener Kraft nicht bis dorthin schaffen. Mögest du in diesen Fällen stets ein schützendes Dach finden. Und möge nach dem Sturm ein Mensch, der dich liebt, nach dir suchen und dich wieder nach Hause holen.

Gartenblumen

An der Gartenmauer hielten wir uns gerne auf. Nachmittags schien immer die Sonne darauf und vor allem war sie breit genug und genau kniehoch. Da konnte man auch in Rollschuhen oder mit einem Eis in der Hand ganz leicht hinaufklettern. Das war wie ein Logenplatz, von dem aus man alle Vorübergehenden wie in einem Theater beobachten konnte.

Hinter der Mauer war ein kleiner Vorgarten, in dem allerlei Blumen und Sträucher standen. Die Besitzer hatten die vielen Kinder schon oft verscheucht, denn einige waren in ihrem Gärtchen herumgetrampelt und hatten allerhand Schaden angerichtet. Glücklicherweise war die Mutter mit den Gartenbesitzern gut bekannt und nachdem wir versprochen hatten, auf die Blumen achtzugeben und uns ganz genau daran hielten, durften wir unseren Aussichtsplatz weiter nutzen. Und wenn auf der Straße einmal nichts los war, besah ich mir von meinem Platz aus das kleine Gärtchen. Für mich war es ein Zaubergarten, in dem immer irgendetwas am Blühen war. Im Frühjahr standen darin die fröhlichsten Primeln und die größten, wunderbarsten roten Tulpen. Später drängten sich dort Vergissmeinnicht und Scharen der buntesten Nelken. Dann erwachten unzählige Rosen, die wie in einer fröhlich ausgestreuten Reihe an der Mauer entlang standen, sich zum Licht streckten und unaufhörlich blühten. Und wenn schließlich Rittersporn, Sonnenhut, und Astern schon lange welk geworden waren, *s i e* blühten immer noch.

Denn neben den augenfälligen Rosen gab es noch eine andere, ganz unscheinbare Blume, die am Eingang entlang in Kübeln saß. Sie hatte nur kleine Blüten aufzuweisen, doch aus der Ferne wirkten diese wie eine einzige und daher besonders prächtig. Man sagt manchen Blumen ja gerne menschliche Eigenschaften nach: so nennt man die Narzissen eitel, die Rose stolz und das Veilchen bescheiden. Ob das stimmt, weiß ich nicht. Aber im Falle der so einzigartig und unermüdlich blühenden kleinen Blume stimmt der Name sicherlich, denn man nennt sie auch „das fleißige Lieschen".

--

Lieber Lukas,

das Große und Auffällige zieht unsere Aufmerksamkeit schnell auf sich. Doch oft ist es gerade das Kleine und Unscheinbare, das uns ganz unerwartet am meisten zu beeindrucken vermag. Ich wünsche dir, daß du immer auch Augen für dieses Unscheinbare haben wirst.

Revierkämpfe

In den Sommerferien haben wir Kinder wohl jeden Tag mit Spielen zugebracht. Unser Lieblingsspiel war (wir hatten sehr viel Karl May gelesen!) Cowboy und Indianer. Interessanterweise gab es unter uns einige, die sich eindeutig den Roten verschrieben hatten, während andere alles bloß das nicht sein wollten. So schlüpfte jeder immer wieder in seine gewohnte Rolle.

Im Laufe der Zeit ergab es sich, daß auf unserem als Spielplatz genutzten Speicher jeder einen bestimmten Platz zu seinem Eigentum erklärte und dort sein Zelt oder seine Papphütte aufbaute. Die Älteste war der große

Häuptling. Sie hatte nicht nur das größte Zelt, als Symbole ihrer Macht trug sie außerdem die größte Federhaube und besaß den größten Bogen. Wer an ihrem Status kratzen wollte, wurde unmißverständlich in die Schranken verwiesen. Dagegen hatte es der Zweite als Unterhäuptling schwer. Er besaß zwar einen imposanten Tomahawk aber deutlich weniger Federschmuck und auch sein Zelt stand in einer eher dunklen Ecke. Das wurmte ihn sehr und mit viel Geheul und Geschrei mühte er sich, seine Wichtigkeit hervorzuheben. Auf der anderen Seite des "wilden Westens" hatten sich nämlich zwei Cowboys angesiedelt. Sie waren zwar etwas kleiner, doch zugleich ein ständiger Unruheherd. Für sie war es ein Zeitvertreib, mit Colts in der Gegend herumzuballern und jede Gelegenheit für ein Scharmützel zu nutzen. So lag eine ständige Anspannung in der Luft, die immer öfter schlagartig in einen "Krieg" ausartete. Dann wackelten die Tipis und wurden geplündert, während die Indianer ihrerseits mit viel Getöse die Papphäuser der Weißen zertraten und ihre Habseligkeiten wegwarfen. Zu einem "heißen" Kampf kam es dagegen nur selten. Man beschoß sich lieber aus einiger Entfernung, heulte was das Zeug hielt und hielt sich ansonsten an das wehrlose Inventar, um den jeweils anderen zu treffen. Du kannst dir sicher vorstellen, daß nach solch zerstörerischen Feldzügen der Jammer groß war. Ein jeder besah sich den Schaden an seinem Heim und leckte seine Wunden. Was waren die anderen doch für gemeine Verbrecher! Einfach alles zu zerstören, was man mit viel Mühe aufgebaut hatte. Das durfte man keinesfalls auf sich sitzen lassen, das musste bei nächster Gelegenheit gerächt werden! Und so kam es, daß die Zerstörungen mit jedem Mal schlimmer ausfielen, ja sogar in Friedenszeiten kam es wiederholt zu Beleidigungen, Sachbeschädigungen und Diebstählen. Racheakte oder Aktionen, um dem anderen Respekt beizubringen? Das war schwer zu sagen, denn keiner wollte es gewesen sein. So spitzte sich die Situation immer mehr zu.

Doch dann geschah etwas Unerwartetes: eine rote Squaw, die zu beiden Parteien ein auskömmliches Verhältnis pflegte, bemühte sich, die Lage zu entschärfen. Sie verhandelte mit beiden Seiten, nahm ihre Beschwerden auf und trug sie der jeweiligen Gegenseite vor. Doch die Streitenden lehnten ein gemeinsames Gespräch ab, die Indianer waren zu stolz und die Cowboys zu uneinsichtig. So bestand weiter Anklage gegen Anklage. Und immer waren es die anderen, die den Konflikt begonnen hatten. Wenn *d i e* nicht in Verhandlungen einwilligten, würde man auch nicht klein beigeben. Die Vermittlerin befand sich bald in einer mißlichen Lage. Sie konnte nur an den guten Willen aller appellieren. Doch das Mißtrauen der Zerstrittenen wuchs und trieb letztlich seltsame Blüten. Warum wohl bemühte sich diese Squaw um Frieden, fragten sie sich. Das war doch verdächtig. Ganz bestimmt wollte sie sie übervorteilen. Solche Gedanken beherrschten fortan die Streithähne und führten letztlich dazu, daß sie sich doch verständigten. Sie begruben das Kriegsbeil, erklärten kurzerhand die Squaw zur Schuldigen und verwiesen sie des Landes.

--

Tja lieber Lukas,

dieses Ende hast du wohl nicht erwartet. Aber genauso war es! Was kannst du nun daraus lernen? Erstens: Mische dich nicht in fremde Streitigkeiten, auch wenn das Jammern groß ist. Und zweitens: laß dich nicht von anderen benutzen. Gutgemeinte Ratschläge und Friedensverhandlungen weiß nicht jeder zu schätzen. Manch einer möchte sich gar nicht befrieden lassen und genießt es, einen anderen zu ärgern, um auf diese Weise vielleicht einen Vorteil für sich herauszuschlagen. Solche Menschen kannst du nicht ändern und schon gar nicht überzeugen. Halte dich deshalb von ihnen fern und laß sie ihre Streitigkeiten selbst regeln.

Die Turnstunde

Jeden Dienstag war Turnstunde. Bei gutem Wetter ging es auf den Sportplatz, bei Regen zogen wir uns in den großen Saal der ortsansässigen Metzgerei zurück. An Feiertagen wurde dieser Saal vom ganzen Dorf für Festlichkeiten genutzt und an gewöhnlichen Werktagen unter anderem vom örtlichen Turnverein. Bis unsere Übungsleiterin eintraf, warteten wir gewöhnlich am Hofeingang. Hier gab es eine niedrige Steinmauer, auf der wir mit Vorliebe saßen, die Beine baumeln ließen und die Vorübergehenden beobachteten. Dann ging es los: ein kurzer Weg nach links über den Hof, eine kleine graublau gestrichene Holztür hindurch und eine S-förmig gewundene Holztreppe hinauf. Im Treppenhaus war es düster und unheimlich, denn das einzige Fenster war außen von einem löchrigen Fensterladen und innen von dicken Spinnweben bedeckt. Die Tritte der vielen Füße ließen die ausgetretenen Holzstufen leise aufseufzen und mit einem Mal verstummte unser Gekicher und Geplapper und wurde zum Flüstern. Nachdem die Tür zum Saal aufgeschlossen war, schoben und schubsten wir uns gegenseitig, um schließlich erwartungsfreudig in den Saal hineinzuströmen.

Im vorderen Teil, der als Bühne diente, standen einige Holzbänke. Das war unser Umkleideraum. Auch hier war es düster, denn der gegenüberliegende, zur Straße ausgerichtete Küchenraum war meist geschlossen. Schweigend schlüpfte jeder in seine Turnschuhe, dann sprangen wir die zwei Stufen in den von drei Rundbogenfenstern erhellten großen Festsaal hinunter. Beim Anblick dieser Sonnenfenster, wie ich sie für mich nannte, glaubte ich mich augenblicklich wie in einem herrlichen Palast und eine wunderbare Wärme erfüllte mich.

Dann begann das Turnen: es wurden Rollen vorwärts und rückwärts geübt, für besonders Gewandte auch Flugrollen. Manche übten Handstand, andere standen lieber Kopf. Reifen wurden gerollt, Keulen geworfen und Sprossenwände erklettert. Beim Springen über Böcke und Kästen kam es vor allem auf einen kraftvollen Anlauf und einen festen Absprung an, während es beim Seilspringen vorteilhaft war, für genug Freiraum um sich herum zu sorgen, um sich nicht in den Seilen der benachbarten Springer zu verheddern. Ein Gerät für besonders hochfliegende Träume war der Schwebebalken, der allerdings nicht zu meinen Favoriten zählte. Ich träumte lieber vor mich hin und ließ den Blick durch den Raum schweben, wo er immer wieder an den hohen Fenstern hängenblieb.

Doch an diesem Tag geschah etwas Ungewöhnliches: war es eben noch taghell gewesen, zogen jetzt dunkle Regenwolken auf. Unsere Übungsleiterin knipste einfach das Licht an und weiter ging es mit den Übungen. Mein Blick aber wanderte wieder zu den geliebten Fenstern, an die jetzt hungrige Horden schwerer Tropfen klopften. Dürres Laub und kleine Äste wirbelten vorbei. Ganz still saß ich da auf meiner Bank und sah dem Treiben zu. Meine Sonnenfenster wurden schwarz! Wo war die Sonne, wenn nicht in diesen Fenstern?

Mit einem Male fröstelte es mich und ich ging in den Vorraum, um meine Jacke anzuziehen. Hier brannte kein Licht, aber ich kannte mich ja aus. Als ich mich umdrehte, um zu den Turnenden zurückzugehen, bemerkte ich am Boden zwischen den Bänken ein kleines leuchtendes Quadrat. Was war das? Ich ging darauf zu und stand ungläubig davor. Woher kam das? Neugierig blickte ich nach oben. Dort! In der dunklen Ecke auf der Rückseite des Gebäudes befand sich eine winzige Dachluke, die ich nie zuvor bemerkt hatte. Während in Richtung Straße noch das Unwetter tobte, war auf dieser Seite die Sonne wieder durch die Wolken gebrochen und schickte einen warmen und tröstenden Lichtkegel zu mir herab.

—

Lieber Lukas,

wenn Fenster, die immer hell waren, plötzlich dunkel werden, wollen wir das gar nicht begreifen. Wir meinen, nun ginge die Welt unter.
Doch nein, tut sie nicht!
Wenn du dich umsiehst, wirst du entdecken, daß es noch mehr Fenster gibt, durch die die Sonne zu dir hereinscheinen will. Du bist bisher nur achtlos an ihnen vorbeigelaufen.

Über den Berg

Immer wenn der Bus ausfiel oder uns wieder einmal vor der Nase davongefahren war, blieb uns nur, mit dem Zug zu fahren. Das war zwar jedes Mal ein aufregendes Fahrerlebnis, es hatte jedoch zur Folge, daß wir die letzten zwei Kilometer nach Hause zu Fuß zurücklegen mussten.

Am Zielbahnhof im Nachbarort angekommen, hieß es zunächst aussteigen und die Ausfahrt des Zuges abzuwarten. War dann der Weg frei, überquerten wir die Gleise und liefen (oder rutschten, je nach Witterung) die angrenzende

Grasböschung hinab. Dann begann ein langsamer und stetiger Aufstieg, vorbei an bescheidenen Nachkriegshäuschen mit Garten, die bald von protzigen Klotzbauten der Siebziger Jahre abgelöst wurden. Hatte man diese hinter sich gelassen, öffnete sich der Blick auf weite Getreidefelder, die von einem schmalen Feldweg durchzogen wurden. Genau das war unser Weg, der je nach Jahreszeit unterschiedlich beschaffen war. Auch war er mit hinterhältigen Hundehaufen gespickt, deren Anzahl sich jedoch verringerte, je weiter das Ortsende hinter uns entschwand. Als einzige Begleiter blieben jetzt nur die Strommasten, die unseren Weg von links nach rechts diagonal kreuzten. Das Gras wurde dichter und der Wind pfiff stärker: der Gipfel der Anhöhe rückte näher. Hier verlief eine vielbefahrene Straße, die zügig überquert werden mußte. Dann erhob sich der alte Heiligenstein vor uns, der ehemals Pilgern als Orientierung gedient hatte und uns jetzt als erster Vorposten begrüßte.

Und weiter ging der Weg durch einen grünen Tunnel, an Feldern und Gebüsch entlang. Das schwierigste Wegstück lag hinter uns, nun ging es nur noch bergab. Das beflügelte die Schritte und immer wieder suchte der Blick nach dem ersten Zeichen unseres Dorfes. Noch eine Baumgruppe, noch ein Flecken hochgewachsener Gräser und dichtes Gebüsch, die die Sicht versperrten. Aber jetzt, jetzt musste es bald so weit sein! Freudig richtete sich der

Blick in die Ferne, wo mit jedem Schritt der Horizont ein Stückchen tiefer sank und den Blick freigab auf all die wohlbekannten Felder und Wege. DA! Das erste Ziegelrot leuchtete im Abendlicht vor uns. Nach drei, vier Schritten blinkte ein weiteres Dach in einer anderen Rotfärbung auf und dann der Kirchturm und immer mehr Rot- und Brauntöne. Das war unser Dorf, unsere Heimat! Alles Liebgewordene stand dort an seinem gewohnten Platz, als hätte es auf unsere Ankunft gewartet. Wie schön war es doch heimzukommen! Und im Näherkommen erschallte das vertraute Geläut der Kirchturmglocken und hieß uns Ankommende feierlich willkommen.

--

Lieber Lukas,

manche Wege kann man sich nicht aussuchen. Sie führen steil bergauf, sind anstrengend und nicht gerade angenehm. Hast du den Gipfel des Berges aber erst einmal überwunden, wirst du belohnt werden. Wenn du es bis dahin geschafft hast, wirst du dein Ziel immer deutlicher vor Augen haben, Deine Füße werden wie von selbst Schritt um Schritt vorwärtsschreiten und du darfst dich freuen, bald zu Hause anzukommen.

Der Dorfschullehrer

Er war unscheinbar und hatte ein gelbes, zerknittertes Gesicht wie die Bücher aus einem Antiquariat. Auf der großen Nase trug er eine dicke Brille mit schwarzem Rand und wenn er mit Stock und Hut durch den Ort ging, gab es niemanden, der ihm, dem alten Dorfschullehrer, nicht pflichtschuldig die gebotene Höflichkeit entgegengebracht hätte. Ursprünglich stammte er, wie es hieß und wie es ihm noch anzuhören war, aus Ostpreußen. Während des letzten Krieges war er hierher versetzt worden und nach dem Krieg war er geblieben, denn ein Zurück gab es für ihn nicht. Als Schullehrer wurde er respektiert und blieb doch immer ein Fremder. Wenn ich an ihn zurückdenke, sehe ich merkwürdigerweise immer den Garten hinter seinem Häuschen vor mir. An sich war dieser Garten wie viele andere: er war mit Sorgfalt gepflegt, bot zum Haus hin bunte Blumen- und Gemüsebeete und im weiter entfernten Teil wuchsen Obstbäume und Hecken. An diesem äußersten Ende befand sich ein aufgeschütteter, grasbewachsener Erdwall als Schutz gegen einströmendes Wasser und entlang der Innenseite des Walles erhob sich als Umfriedung ein Maschendrahtzaun.

Die Lage des Gartens am Ortsrand und der spielend leicht zu überwindende Zaun hatten zur Folge, daß sich zur Herbst- und Reifezeit des Obstes ein Teil der halbstarken

Dorfjugend hier einfand, um in der adretten Gartenanlage ihr Unwesen zu treiben. Sie nahmen mit was sie tragen konnten, doch nicht nur das, sie zertrampelten und verwüsteten wahllos was ihnen im Wege war. Ihr Lärm trieb den alten Lehrer aus seinem Hause und er humpelte schimpfend und mit erhobenem Stock auf die Eindringlinge zu. Doch das amüsierte sie nur und sie sprangen lachend und spottend davon.

Natürlich hatte der Schullehrer die Übeltäter erkannt und wandte sich umgehend an deren Eltern. Diese waren selbstverständlich bestürzt angesichts der Untat ihrer Sprößlinge und versprachen dafür zu sorgen, daß dies nicht mehr vorkäme. Immerhin war er ihr Schullehrer gewesen, der sie als Kinder unterrichtet hatte, und somit eine Respektsperson. In Wirklichkeit jedoch war er in ihren Augen ein alter, unerträglicher Nörgler und hinter seinem Rücken und vorgehaltener Hand raunte man sich zu, daß die ganze Aufregung doch wohl übertrieben sei. Und manch einer, der früher von ihm gezüchtigt worden war, gönnte es dem Alten, daß er derart zu Schaden kam und verlacht wurde. So kam es - man ahnt es schon - daß nach kürzester Zeit die wüste Bande erneut in des Dorfschullehrers Garten einfiel und das Spiel von neuem begann.

--

Eine seltsame Geschichte, sagst du?

Ich denke nicht.

So wie es dem armen Dorfschullehrer erging, ergeht es vielen Menschen.

Stelle dir selbst einmal die Frage: Warum respektieren mich die Menschen? Sind es womöglich Kriterien wie gutes Aussehen, Leistung, Besitz, Bekanntheit oder ein Amt? In diesem Falle, lieber Lukas, sei gewarnt: alle diese Äußerlichkeiten können schon morgen vergangen, vergessen und vorbei sein. Wie wird man dich **d a n n** behandeln? Deshalb trage Sorge dafür, daß dich die Menschen, mit denen du umgehst, aufgrund deines Charakters achten und wertschätzen.

Tauben

Hast Du dich schon einmal gefragt, warum so viele Menschen Tauben gern haben? Einmal abgesehen von der Taubenplage in modernen Großstädten (das ist ein anderes Thema) gibt es tatsächlich so einiges Positive, das wir mit diesen Tieren verbinden: die Friedenstaube, die Brieftaube und das liebreizende Paar zweier Turteltauben. Dann natürlich die aus dem Hut gezauberte weiße Taube oder symbolisch die gebratene Taube, die einem in den Mund fliegt (oder auch nicht). Und war es nicht auch eine Taube, die Noah nach langen Tagen des Umherirrens in seiner Arche den erlösenden Ölzweig und mit ihm die frohe Kunde nahen Landes brachte?

„Wo Daube sinn, fliehn Daube hie" (Wo Tauben sind, fliegen Tauben hin), so pflegte dein Ururgroßvater zu sagen. Er meinte damit allerdings nicht, daß eine Taube gern in ihren Schlag zu ihresgleichen fliegt. Er meinte vielmehr, daß in den Häusern, in denen Gut und Geld bereits vorhanden waren, die Menschen oftmals sparsamer wirtschafteten und ihr Wohlstand besser wuchs als in den Häusern der armen Leute.

Wer hat, dem wird noch mehr gegeben, oder die Reichen werden immer reicher und die Armen immer ärmer, so würde das wohl heute politisch korrekt übersetzt. Doch

so war das nicht gemeint! Sieh dich um und du wirst
feststellen, daß Menschen mit Vermögen für ihren Erfolg
hart arbeiten mußten und müssen. Wer dagegen mit
Verallgemeinerungen arbeitet, versucht oftmals eigenes
Unvermögen oder eigenen Mißerfolg zu erklären und zu
entschuldigen. Denn wenn jemand tatsächlich nur auf der
faulen Haut herumliegt, wird er auf Dauer keinen Erfolg
haben und selbst ein großes Vermögen aufbrauchen.
—

Lieber Lukas,

laß dich nicht von Neid und Mißgunst gegen diejenigen
anstecken, die erfolgreich sind. So zu reden ist gar zu
einfach! Es genügt eben nicht, sich auf den von der
vorangegangenen Generation geschaffenen Werten
auszuruhen. Es verschafft vielleicht einen gewissen
Startvorteil, wenn man aus wohlhabendem Hause
stammt, doch jede Generation muß sich den
Herausforderungen ihrer Zeit stellen und ihre
Leistung erbringen. Wenn du im Leben auch etwas
erreichen willst, dann nutze deine Fähigkeiten, sei
mutig, ehrlich und fleißig. Und die Tauben werden
auch dir gerne zufliegen.

Gespenstergeschichten

Immer wenn es dämmrig wurde, erzählten wir uns mit Begeisterung Gespenstergeschichten. Da gab es Kopflose, Blutsauger und andere, die aus Gräbern stiegen oder so entsetzlich heulten, daß einem das Blut in den Adern gefror. Und je dunkler es draußen wurde, desto gruseliger wurden die Geistergestalten bis hin zu Werwölfen und Menschenfressern. Uns konnte es jedenfalls gar nicht gruselig genug sein, denn wir waren ja in der warmen Stube oder unter der Bettdecke sicher vor all diesen schaurigen Gestalten. Befanden wir uns dann aber später in der Dunkelheit auf dem Nachhauseweg, lag die Sache anders. All die Gestalten aus unseren Geschichten schienen uns jetzt zu verfolgen, so daß wir jedes Mal heilfroh waren, unbeschadet zu Hause angekommen zu sein.

Am Rande unseres Dorfes stand ein schon lange unbewohntes Häuschen, das der „Daahle-Butz" genannt wurde. Das Dach war eingefallen, die Fenster zerschlagen und auf dem gesamten Gelände wuchs meterhohes Unkraut. Manchmal, wenn wir vorbeigingen, klopfte geheimnisvoll ein Fensterladen im Wind oder, wenn der Wind durch die Ritzen pfiff, glaubten wir ein leises Stöhnen zu hören. Das war aufregend unheimlich und wir Kinder sahen in unserer Phantasie all die Gespenster aus unseren Geschichten dort umher geistern. Deshalb wollten wir unbedingt einmal das verlassene Häuschen erforschen, trauten uns aber nicht so recht. Bis es uns eines Tages gelang, den Vater zu erweichen, mit uns in das Gespensterhaus hineinzugehen.

Zunächst einmal mußten wir jedoch über moosbewachsene Steinhaufen und unzählige Bruchstücke spitzer Ziegelsteine klettern, wobei riesige Brennesseln Arme und Gesicht streiften. Das war gar nicht lustig! Schließlich gelangten wir zur Haustür. Sie stand offen und hing bedenklich schief in nur einer Angel. Der Vater drückte sie nach innen, so daß es kratzte und schleifte, denn mit dem Aufdrücken wurde ein undefinierbarer Kehrrichthaufen beiseitegeschoben. Dann folgten wir ihm vorsichtig in den Hausflur hinein. Es gab nur zwei Räume: zur Vorderseite und Straße hin eine große Stube mit zwei Fenstern, offenbar Küche und Wohnstube der ehemaligen Bewohner. Darin befand sich ein zerschlissenes staubgrünes Sofa, vor dem wiederum ein umgeworfener Tisch lag. An einer Wand stand ein Schrank ohne Türen, die Regale leer. Alle Schubladen waren herausgerissen und lagen mitsamt Inhalt auf dem Boden verstreut: Kleidungsstücke, Holzteile, ein rostiger Topf. Und über allem lag eine handdicke graubraune Staub- und Moderschicht.

Der zweite, nach hinten gerichtete Raum lag im Dunkeln, nur dünnes Licht fiel durch die geschlossenen Fensterläden. Zu sehen war einzig ein großer, undefinierbarer Schutthaufen. Ich war sehr ernüchtert und beinahe erleichtert, als wir endlich wieder nach draußen gingen. Gespenster hatte ich keine gesehen, nur ein Stück heruntergerissener Tapete mit einem ausgewaschenen blau-grünen Blumenmuster, das sich im Windzug der geöffneten Tür wie von Geisterhand bewegte.

So hatte das alte Häuschen seinen Reiz für uns verloren. Wir wussten jetzt, daß es darin nichts Aufregendes und schon gar keine Schätze gab. Denn in unseren Köpfen geisterte stets die Vorstellung, daß Gespenster immer auch irgendeine Art von Schatz bewachten. Dieses Kapitel war nun erledigt - jedenfalls so lange, bis einer aus unserer Gruppe von dem Erdkeller berichtete, der sich hinter dem Häuschen befinde. Von der Straße aus sei der nicht zu sehen, da der Eingang von Gestrüpp überdeckt sei. Es gebe aber, so hatten andere erkundet, ein schmales Loch, das in den Keller hineinführe. Die Aussicht, dort endlich auf einen Schatz zu stoßen, war so verlockend, daß wir uns an einem warmen Herbsttag voller Abenteuerlust zu diesem Keller aufmachten.

Vom Feld her, durch Gärten und Gebüsch, pirschten wir uns an das Erdloch heran. Als wir das Objekt der

Begierde endlich fanden, war unsere Begeisterung schon gehörig verflogen, doch keiner wollte nun einfach wieder abziehen und womöglich als Feigling gelten. Mit Taschenlampen leuchteten wir hinein: es war nicht allzu tief. Nach und nach rutschten wir alle in den Keller hinab und standen staunend in dem muffigen Raum.

Die Gegenwart der ehemaligen Bewohner war hier noch spürbar: an einem rostigen Nagel hing eine alte Lederschürze, daneben standen verschiedene landwirtschaftliche Geräte, beinahe so, als ob ihre alten Besitzer gleich hereinkämen, um sie zu ergreifen. Während ich dieses Bild noch vor Augen hatte, strebten die Vorderen der Gruppe mit Taschenlampen umher leuchtend weiter voran. Irgendwo mochte hier etwas Außergewöhnliches versteckt sein. Doch **was** war es? Und vor allem **wo** war es? Voller Neugier gingen wir weiter. Auf ein erstes unterdrücktes Husten folgten viele „Pssst!", denn wir wollten ja keinesfalls die Gespensterwächter aufwecken. Schritt für Schritt ging es weiter. An einer Wand hing ein schiefes Holzbrett mit völlig verkrusteten Gläsern oder Töpfen darauf, dicht umwachsen mit Spinnweben aus klebrigen schwarzen Fäden so dick wie kleine Kinderfinger. Hoffentlich, so dachte ich noch und zog instinktiv den Kopf ein, waren die Erbauer dieser Netze jetzt gerade nicht zu Hause. Da polterte plötzlich etwas und die

Schallwelle raste durch den niedrigen, baufälligen Keller wie eine Lawine, die Staubwellen von den Wänden löste.

„Los, raus hier!",

rief einer und alles rannte zurück zum Einstieg und zwängte und drückte sich keuchend hindurch ins Freie. Dann liefen wir atemlos und wie gehetzt durch das Feld, bis wir in einiger Entfernung hinter einer dichten Hecke endlich zum Stehen kamen.

„Was war denn los?",

fragte ein anderer. Genau haben wir es letztlich nicht aufklären können. Offenbar hatte jemand gegen einen Eimer oder eine Blechdose getreten – oder war es doch eins der Gespenster gewesen? Einer der Vorderen war sich jedenfalls sicher, flüsternde Stimmen gehört zu haben. Wie auch immer, dieses Scheppern hatte eine Panik ausgelöst und uns in die Flucht geschlagen. Noch einmal würden wir dort gewiß nicht einsteigen. So war auch diese Schatzsuche kläglich gescheitert. Was mir jedoch viel größere Sorgen bereitete, war der üble Zustand meiner Hose. Auf der überstürzten Flucht war ich wohl irgendwo hängengeblieben und hatte mir dabei einen tiefen Riß am Hosenboden zugezogen. Dafür mußte ich mir nun eine gute Erklärung zurechtlegen.

--

Lieber Lukas,

wer hat nicht schon einmal davon geträumt, ein Schatzsucher zu sein? Es muß ja nicht unbedingt eine ganze Kiste voller Gold sein, nur etwas Außergewöhnliches, Seltenes oder Wertvolles. Diese Vorstellung geistert wohl in vielen Köpfen herum. Seltsam, daß wir dabei immer unter der Erde suchen. Offenbar glauben wir, daß ebenso wie die Toten auch deren Schätze dort zu finden seien. Manchmal stimmt das ja sogar.

Im Normalfall aber haben die Menschen keine Schätze ansammeln können. Meistens reichte es ihnen gerade eben zum Leben und in ihren Häusern finden wir nur die Dinge und Habseligkeiten des täglichen Lebens. Deshalb: wir brauchen nicht in dunkle Keller und Höhlen zu kriechen. Der größte Schatz, den wir finden können, ist das Leben selbst! So wie eine Sonnenblume, die im goldenen Abendlicht in unvergleichlicher Schönheit erblüht, ohne Sorge vor der nahenden Nacht und ohne unerfüllbare Hoffnungen für das nächste Jahr. Einfach nur blühend im Hier und Jetzt.

Der Letzte

Aus der Ferne besehen erschien er wie ein Strich in der Landschaft, so dünn war er. Wenn er sich nicht bewegte, konnte man ihn leicht mit einem Laternenmast oder Holzpfahl verwechseln. Kam er dann näher, sprangen einem die Armseligkeit und das Elend der Gestalt ins Gesicht. Ein schmutzig-brauner, viel zu großer Pullover fiel in weiten Wellen über den ausgemergelten Oberkörper. Darunter erschien eine ehedem wohl blaue Hose voller Löcher, undefinierbarer Flecken und starr vor Schmutz. Dieser Schmutz setzte sich nahtlos nach unten auf den dunkelgrünen Gummistiefeln fort. Die Gestalt bewegte sich schniefend und schleppend mit langgezogenen Schritten, als ob sie auf ihren Schultern eine schwere Last trüge. Die Hände hingen zur Seite herab, nur eine von ihnen bewegte sich ab und an in Richtung Kopf, um an einer Zigarette zu ziehen. Das Gesicht, das von stachligen Bartstoppeln bewohnt wurde, war eingefallen und ausgezehrt und von Schmutz verkrusteten schwarzen Strähnen umhängt. Nur ein scheeles Augenpaar lugte daraus hervor.

Im Dorf kannten ihn natürlich alle, den Bertel. Als vaterloses Kind hatte sich keiner seiner angenommen, er blieb in der Schule zurück und war bald als herumlungernder Steinewerfer bekannt. Der Arbeit ging er meist aus dem Weg. Nur seine Mutter, die sich von morgens bis abends abrackerte, sorgte für ihren gemeinsamen Unterhalt. Nach der Schulzeit begann er auf den Höfen in der Nachbarschaft als Tagelöhner zu arbeiten und er war nicht einmal ungeschickt. Das sprach sich herum und an manchem Tag hätte er durchaus bei mehreren Bauern seinen Lohn verdienen können.

Doch die Zeiten änderten sich und immer mehr Maschinen ersetzten die menschliche Arbeitskraft. Für Bertel wurde es jetzt schwieriger, einen annehmbaren Tagelohn zu erhalten. Dennoch ergaben sich für ihn immer wieder Gelegenheiten, in einem der bäuerlichen Betriebe des Dorfes als zusätzliche Kraft mit anzupacken. Mal war es beim Erdaushub für einen An- oder Neubau, dem Pflastern eines Hofes, dem Verlegen von Wasser- und Kanalrohren, beim Betonieren und Mauern. Überall wo grobe Arbeiten zu verrichten waren, wo etwas zu spaten und zu schleppen war, kam er zum Einsatz. Das ging so lange Jahre, bis auch diese Arbeiten knapper wurden. Zudem war Bertel immer weniger in der Verfassung für diese Knochenarbeiten. Nach vielleicht zwanzig Jahren Tagelohn verfiel er körperlich, wobei sicherlich auch übermäßiger Alkohol eine Rolle spielte. So kam es, daß er, wenn sich doch einmal eine Gelegenheit zum Geldverdienen bot, oftmals betrunken im Bett lag und nicht zur Arbeit erschien.

Eines Tages verstarb seine alte Mutter und Bertels Niedergang verlief noch schneller. Er lebte zwar weiter in dem von der Mutter geerbten Häuschen, aber darin gab es weder fließend Wasser noch irgendeine Heizung. Arbeit gab es für ihn keine mehr und das kleine, von der Mutter angesparte Sümmchen Geld war auch bald aufgebraucht. Nun blieb ihm nur noch das Betteln. Auch vor unserer Haustüre stand er mehr als einmal und bat um ein paar Nudeln, Brot oder Eier. Im Laden von Frau D. bekam er einzelne Zigaretten ausgehändigt, Nachbar E. versorgte ihn ab und an mit einigen Flaschen Faßwein und eine alte Freundin der Mutter sorgte für Kleidung und Wäsche. Nur in den sauberen Höfen seiner begüterten Verwandten war er nicht gern gesehen, denn die schämten sich seiner. Erst nach Einbruch der Dunkelheit war es ihm erlaubt, zu ihnen zu kommen.

So schlug sich Bertel durch die Tage und Jahre und wurde immer weniger. Und wie ging die Geschichte aus? Leider gab es kein Happy End. Im Dorf siedelten sich immer mehr Neubürger an, denen der Anblick dieser abgerissenen Gestalt gar nicht gefiel. Sie argwöhnten sogar, daß er sie berauben oder sich an ihren Kindern vergreifen könnte. Auf diesen Druck hin (es dürfte auch manchem Einheimischen nicht ungelegen gewesen sein) wurde Bertel eines Tages von der Polizei abgeholt und in einem Männerwohnheim fern seines Heimatdorfes „entsorgt".

Gefragt wurde er nicht. Er war ja schließlich nur der Letzte - der letzte Tagelöhner.

--

Lieber Lukas,

im Laufe unseres Lebens müssen wir manch traurige Geschichte miterleben. Es gibt Menschen, die in ihrem Leben einfach kein Glück haben und in ihrem Dasein immer weiter absinken. Interessanterweise gibt es aber auch immer wieder Menschen, die bereit sind, solchen "Verlierern" im Rahmen ihrer Möglichkeiten zu helfen, während andere, vielfach die eigenen Verwandten, nur ja nichts mit dem Unglücklichen zu tun haben wollen.

Hat es nicht jeder Mensch verdient als Mensch behandelt zu werden? Die Art wie sich jemand einem Schwachen und Bedürftigen gegenüber verhält, offenbart seinen Charakter besser als alle Worte.

Sankt Martin

Draußen war es schon dunkel. Es war der 10. November und eine ganze Schar Eltern mit ihren Kindern hatte sich zur alljährlichen Sankt-Martins-Prozession eingefunden. Die meisten Laternen waren schon angezündet und ließen lustige Sonnen, Monde und Ziehharmonikas im Dunkel tanzen. Dann brach die bunte und erwartungsfreudige Schar auf und folgte dem heiligen Sankt Martin, der auf einem Pferd sitzend und in einen roten Mantel gehüllt die Prozession anführte. Ein fröhliches Lied wurde angestimmt und nur die Kleinsten konnten noch nicht mitsingen.

In der Menge befand sich auch eine Mutter mit ihrem Sohn. Der Vierjährige war ein zarter Junge mit blassem Gesicht, doch in seinen Augen leuchteten die vielen Lichter der Laternen wie Sterne. Stolz und glücklich trug er seinen kleinen gelben Mond mit dem vollen Lachen vor sich her. Da stockte der Zug plötzlich, denn es galt eine Straße zu überqueren. Die Mutter und der kleine Junge kamen an einer von den Straßenlampen nicht erleuchteten Stelle zum Stehen. Auch das lustige Lied war eben zu Ende gesungen. Da ergriff den kleinen Jungen Furcht. Er ließ seine Laterne auf den Asphalt fallen, drängte sich an die Seite der Mutter und suchte ihre Hand. Doch sie wies ihn zurück, bückte sich schnell nach der erloschenen Laterne und bemühte sich, sie wieder zum Leuchten zu bringen. Der Junge stand zitternd neben ihr, seine großen Augen blickten angstvoll in die dunkle Runde und schuldbeladen zur Mutter hin.

Schnell war der kleine Mond wieder zum Leuchten gebracht und mit ermahnenden Worten drückte die Mutter ihrem Sohn das Licht in die Hände. Auch der Zug setzte sich jetzt wieder in Bewegung und die Mutter schubste den unsicheren Jungen vorwärts. Der tappte weiter, doch der Zauber der unbefangenen Heiterkeit in seinem Gesicht war unwiederbringlich dahin.

--

Lieber Lukas,

ich wünsche dir, daß dir in den dunklen Momenten des Lebens stets jemand zur Seite steht, der dich versteht. Der deine Hand erfaßt, dich tröstet und für dich da ist.

Das Geschenk

Es war wohl um die Weihnachtszeit. Ich war vielleicht zehn Jahre alt, als ich ganz unverhofft mein schönstes Geschenk erhielt. Aber alles der Reihe nach.

Eigentlich bekam ich eher selten etwas geschenkt. Das einzige mit dem ich regelmäßig rechnen konnte, war die abgetragene Kleidung der älteren Geschwister. An diesem Tag, von dem ich dir berichten will, hatten der Vater und Onkel Ludwig irgendetwas in unserem Keller repariert und saßen dort schon zur Mittagszeit und guter Dinge beim Wein. Die Mutter hatte ihnen Brote gebracht, doch diese fanden beileibe nicht den Zuspruch wie die flüssige Begleitung. Und so ergab es sich, daß Onkel Ludwig fröhlich und selig mit sich und der Welt von allem Möglichen zu erzählen begann, wobei die Rede auch auf die abgelegten Spielsachen seiner beiden Töchter kam. Die seien ja nun bald mit ihrer Ausbildung fertig und würden sicher demnächst heiraten. Da bräuchten sie die Sachen sowieso nicht mehr. Ganze zwei Kartons habe er vor kurzem ausrangiert, aber das Zeug stehe ihm nur im Wege herum. Das sei doch hier viel besser aufgehoben, meinte er, und versprach, die Sachen im Laufe des Nachmittags vorbeizubringen.

Tatsächlich brachte er einige Zeit später die ange-kündigten Kisten. Da standen sie nun und ich wurde herbeigerufen, um mir die Spielsachen darin anzusehen. Ich öffnete die erste Kiste und es war unglaublich: ich fand die schönsten Puppen mit den süßesten Kleidchen, dazu Bettchen und Waschutensilien. Auch in der zweiten Kiste waren Puppen, außerdem ein kleiner Puppenwagen und ein Kasperletheater. Ich war sprachlos! So viel Schönes, so vieles, von dem ich bisher nur geträumt hatte. Und das alles sollte *ich* geschenkt bekommen? Nur langsam legte sich mein ungläubiges Erstaunen und wich einer unaussprechlichen Freude. Da waren nun so viele Puppen, ich wußte gar nicht, mit welcher ich zuerst spielen sollte. Ich suchte mir zwei heraus, während die Mutter die Kisten wieder verschloß und erst einmal beiseite stellte.

Es war Abend geworden, als die Mutter mich fragte, was ich mit diesen vielen Puppen denn anfangen wollte. Ich erklärte voller Besitzerstolz, daß ich mir jeden Tag eine andere zum Spielen nehmen würde. Und meine eigenen Puppen, was denn nun mit denen sei, wollte sie wissen. Ach so, dachte ich, und erklärte, daß ich mit diesen natürlich auch weiterspielen würde. Dann fragte sie, ob ich mir vorstellen könnte, meine Puppen auch einmal herzugeben. Aber nein, antwortete ich entrüstet, das würde ich auf keinen Fall tun. Da nickte meine Mutter zustimmend. Das verstehe sie gut, denn ich hätte meine Puppen ja lieb. Ob ich mir denn vorstellen könnte, daß die zwei älteren Mädchen ihre Puppen auch liebhätten. Ich sah sie mit großen Augen an. Natürlich mussten sie diese schönen Puppenkinder gernhaben. Doch jetzt, fuhr die Mutter fort, da sie ihre Puppen nicht mehr bei sich hätten, seien die beiden Mädchen so traurig, daß sie nichts mehr essen wollten. Das konnte ich mir gut vorstellen, ich hätte an ihrer Stelle auch nichts mehr essen mögen.

„Was meinst du, sollen wir ihnen ihre Puppen nicht einfach wieder zurückgeben?", fragte die Mutter. O nein, dachte ich, jetzt muß ich all diese Herrlichkeiten wieder weggeben. Aber ich dachte auch an die beiden Mädchen und wie ihnen zumute sein mußte. Zögernd stimmte ich deshalb zu.

Kurze Zeit später kamen die Tante und ihre beiden Töchter und nahmen die Kisten in Empfang. All die schönen Sachen gingen wieder zurück. Doch ich bekam auch ein Geschenk, nämlich das dankbare Lächeln zweier überglücklicher Mädchen, die ihre Schätze wieder in Händen hielten.

--

Lieber Lukas,

jeder freut sich über ein schönes Geschenk. Aber noch schöner ist es, auch etwas geben zu können. Was nicht wirklich für uns bestimmt ist, kann uns auch keine tiefempfundene Freude bereiten. Wenn ein Mensch mit dem Herzen an etwas hängt, dann lasse es ihm, auch wenn du es für dich beanspruchen könntest. Beschenke dich selbst mit Freude über das Glück des anderen.

Die eiserne Pforte

Es war ein magischer Ort, zu dem diese Pforte führte. Das spürte ich schon, als ich noch längst nicht an die Klinke heranreichte. Es waren dann entweder die Mutter oder die Großmutter, die die Pforte öffneten und den Weg freimachten in eine Welt der Vergangenheit und längst vergessener Lebensgeschichten.

Nachdem wir die Reihen der in den Himmel ragenden spitzen Eisenspeere passiert hatten, gingen wir unter hohen Birken entlang und feiner Splitt knirschte unter unseren Füßen. Es war ein feierlicher Akt, ein Einmarsch, bei dem uns die dortigen Bewohner wohlwollend und mit leicht schräg liegenden und manchmal nickenden Köpfen willkommen hießen. Einige tuschelten neugierig, andere schauten eher grimmig drein. Eine der ersten, die uns begegnete, war die alte Frau Blankenberger, die mit ihren langen, übereinander getragenen Röcken (wie die Großmutter zu sagen pflegte „wie im letzten Jahrhundert") sämtlichen Schmutz von der Straße gefegt hatte. Es folgten das treuherzige Bienchen sowie Großbauer Sch., der jede Woche eine neue Magd einzustellen pflegte, nachdem er die vorherige wie all ihre Vorgängerinnen wieder einmal fristlos und ohne Bezahlung entlassen hatte. Dann gab es dort die gutgläubige Grete, die nach dem Ableben der Altbauern einen dicken Packen Bargeld unter deren Bett gefunden hatte. Diesen brachte sie ohne Zögern zu ihrem Bruder, um mit ihm zu teilen. Als Dank erntete sie von diesem jedoch den Vorwurf, ihn betrogen und den größten Teil des Geldes für sich behalten zu haben. Von ganz anderer Natur war da die „Bratwurst-Frieda", die das Gesinde mit Kartoffeln abspeiste, während sie selbst die Bratwürste aß. Dann war da Henriette D., einzige Tochter vornehmer Eltern, die blutjung und nur wenige Monate nach ihrer Heirat unter ungeklärten Umständen verstorben war. Wir schritten andächtig an ihrem edlen, von Efeu berankten Stein vorüber. An dieser Stelle wichen wir stets vom Hauptweg ab, um das Dinchen zu besuchen. Mit nur acht Jahren hatte diese Schulfreundin der Großmutter eine Stiefmutter bekommen und war kurz darauf an „Schwindsucht" gestorben.

Nachdem wir unsere Pflege- und Gießarbeiten verrichtet hatten, machten wir auch noch Station beim alten Z., der jetzt unweit des alten S. lag, mit dem er zu Lebzeiten wegen einer Ackergrenze „spinnefeind" gewesen war. In der Nähe ruhte auch eine ehedem wohlhabende Witwe, die von ihrem Gesinde derart schamlos bestohlen worden war, daß am Ende der ganze schöne Hof versteigert werden mußte. Auch Jungbauer S. ruhte jetzt hier aus. Zeitlebens war er im Laufschritt unterwegs gewesen, bis er eines Tages mit überhöhter Geschwindigkeit gegen einen Baum gerast war. Nach der „Bet-Frieda" kamen wir zur „Henkelkorb-Else", die mit eben jenem Korb in Richtung ihres Gartens zu marschieren pflegte, unterwegs jedoch regelmäßig in so viele Gespräche verwickelt wurde, daß sie unverrichteter Dinge und mit leerem Korb wieder heimkehrte. Dann gab es da den „Hucker", einen kleingewachsenen Mann mit Hinkefuß, der sich in seiner Funktion als Feldwart sehr wichtig und noch lieber ein gutes Schlückchen zu sich nahm. Oder die „Kruschdel", eine schrullige, bucklige Alte, die stets einen rumpelnden Handkarren hinter sich hergezogen hatte, und den „Jobbjobb", einen kreuzbraven Menschen, der richtigerweise Johann hieß und nur weil er stotterte, sein Leben lang verspottet worden war. Auch beim alten Groh, dem über Jahrzehnte treuen Pferdeknecht der Großmutter, schauten wir immer vorbei. Von hier war es auch nicht mehr weit zur „Schulermajann", einer ledig gebliebenen, herzensguten Frau, die trotz aller Mühsal des Lebens für jeden ein freundliches Wort fand und sich auch die Zeit nahm, ihrer blinden Nachbarin zur Mittagszeit eine Schüssel Suppe vorbeizubringen. Gerne besuchte ich in dieser Ecke auch den von uns Kindern heiß geliebten „Fahrraddoktor" Alois, der zwar kaum lesen und schreiben konnte, aber alles was Räder hatte mit einer Engelsgeduld und leise vor sich hin pfeifend wieder gangbar zu machen wusste.

Einmal verschlug es mich auch an einen einsam gelegenen, namenlosen Stein. Er gehörte, wie die Großmutter zu erzählen wußte, dem „rot Philippsche", einem Rotschopf, der als Kleinkind nach dem Tod seiner Mutter zu Pflegeeltern gekommen war, in seinem kurzen Leben aber nirgends ein Zuhause und außer dem Alkohol keine Freunde fand. Bis er sich schließlich im Keller seines Vaters erhängte.

So viele Menschen, so viele Charaktere, so viele Schicksale! Und ich sah sie alle vor mir, wie sie uns Besucher musterten, uns zuzwinkerten oder kritisch die Stirn runzelten. Sie betrachteten mich und ich betrachtete sie. Im Grunde waren sie gar nicht so anders als die

Lebenden um mich herum: Arme und Reiche, Heilige und Scheinheilige, Betrüger und Betrogene, Einfältige und Einfallsreiche, Streithähne und Originale.

Wenn wir den Friedhof dann verließen, wurde die Pforte stets fest verschlossen, denn das Reich der Toten und das der Lebenden sind zwei verschiedene Welten. Diese Sitte habe ich bis zum heutigen Tage beibehalten.

--

Einmal jedoch, lieber Lukas,

einmal kommt der Tag, an dem auch ich in die illustre Gesellschaft jenseits der eisernen Pforte aufgenommen werde. Dann wünsche ich mir, in die Reihen derer aufgenommen zu werden, die sich jedenfalls bemüht haben, ein rechtschaffenes Leben zu führen. Bei jenem Besuch werde ich für immer bleiben und ein anderer wird die Pforte hinter mir schließen müssen.

Weißt du noch, lieber Lukas, wie du mich als Kind
spaßeshalber immer fragtest:

„Wie spät Hemma?"

Das ist in der Tat eine gute Frage.
Denn wie spät es ist, sprich welche Stunde unsere
Lebensuhr anzeigt, das weiß niemand.

Eines aber läßt sich doch sagen:
es ist meist später als du denkst!

*